COLLECTION

HENRY SAY

COLLECTION

HENRY SAY

CONDITIONS DE LA VENTE

Elle sera faite au comptant.

Les adjudicataires paieront *dix pour cent* en sus du prix d'adjudication.

Paris. — Imp. Georges Petit, 12, rue Godot-de-Mauroi. — 18800-08.

CATALOGUE

DES

TABLEAUX

ANCIENS & MODERNES

ŒUVRES REMARQUABLES DE

Nicolas LANCRET : La Fête champêtre

Eugène FROMENTIN : Le Passage du Gué

ŒUVRES IMPORTANTES DE

CANALETTO, DECAMPS, DE MARNE, GREUZE, VAN DER HEYDEN
HUBERT-ROBERT, MURILLO, PATER, VAN DE VELDE

DU XVIII' SIÈCLE

DES MANUFACTURES DES GOBELINS & DE BEAUVAIS

D'après les cartons de Coypel et de François Boucher, Le Brun et Audran

Recouvert en ancienne tapisserie de la Manufacture Royale de Beauvais

OBJETS D'ART & D'AMEUBLEMENT

PROVENANT DE LA

Collection de feu M. HERZOG

ET DONT LA VENTE AUX ENCHÈRES PUBLIQUES AURA LIEU A PARIS

GALERIE GEORGES PETIT

8, RUE DE SÈZE, 8

Le Lundi 30 Novembre 1908, à 3 heures

COMMISSAIRE-PRISEUR

M° LAIR-DUBREUIL   6, rue Favart.

EXPERTS

Pour les Tableaux :	Pour les Tapisseries et Objets d'art :
M° HENRI HARO	MM. PAULME & E. LASQUIN
14, rue Visconti, et rue Bonaparte, 20	10, rue Chauchat rue Laffitte, 12

EXPOSITIONS

PARTICULIÈRE : *Le Samedi 28 Novembre 1908, de 1 heure 1/2 à 6 heures.*
PUBLIQUE : *Le Dimanche 29 Novembre 1908, de 1 heure 1/2 à 6 heures.*

TABLEAUX

BELLANGÉ
(HIPPOLYTE)
1800-1866.

1 — *Le Retour du brave.*

Déjà le train qui l'a amené repart de la petite gare et franchit, à droite, le viaduc. Par la route, le brave officier, portant, fièrement étalées sur sa poitrine, deux médailles gagnées sur le champ de bataille, revient en charrette; auprès de lui, sa mère qui presse sa main, son père et ses deux sœurs; tous sont souriants et fiers à la fois.

Un chien court en jappant auprès du cheval et des gamins suivent en criant, jetant leurs chapeaux, agitant les mains avec enthousiasme. A gauche, les moissonneurs s'arrêtent pour saluer la voiture au passage.

Signé à gauche et daté : *1859.*

Toile. Haut., 75 cent.; larg., 1 m. 10.

BERNE-BELLECOUR

2 — *Artilleur au repos.*

Signé en bas, à gauche, et daté : *1878.*

Bois. Haut., 21 cent.; larg., 12 cent.

BERNE-BELLECOUR

3 — *En sentinelle.*

Signé en bas, à gauche, et daté : *1878.*

Bois. Haut., 21 cent.; larg., 12 cent.

Canaletto
Venise

CANALETTO

(ANTOINE)

1697-1768.

4 — *Venise.*

Les gracieuses gondoles glissent légères sur l'eau du canal d'un vert limpide, où se reflètent, sous un ciel clair, les blanches façades des maisons. Sur la rive, un haut campanile laisse flotter au vent ses deux étendards violets.

Un balcon de pierre, sur lequel se dresse une statue, borde la petite ruelle qui, partant d'un jardin d'arbres verts, s'enfonce à angle droit le long d'un petit bras du canal, que traverse un pont de pierre.

Toile. Haut., 33 cent.; larg., 51 cent.

DECAMPS

1803-1860.

5 — *Le Chasseur.*

Le chasseur au marais s'est avancé au milieu des joncs de l'étang, guêtré, les pieds enfoncés dans l'eau ; à ses côtés, deux chiens flairent les hautes herbes. Vu de dos, il vient d'épauler, visant un canard qui, déjà haut dans le ciel, s'enfuit à tire d'ailes. Il porte un chapeau mou ; une carnassière chargée de gibier pend à son côté, sur la longue veste de toile gris jaune : un fouet et un cor sont suspendus à sa ceinture.

Un lourd nuage noir d'orage vient jeter son ombre sur la forêt des roseaux, tandis qu'au fond le soleil couchant fait au-dessus du marais des taches d'un jaune orangé.

Signé en bas et daté : *49*.

Toile. Haut., 51 cent.; larg., 39 cent.

Salon de 1855.
Collection Khalil-Bey.

Decamps

DE MARNE
1754-1829.

6 — *La Fête du Village.*

A gauche, le marché bat son plein ; au milieu des
tentes dressées sur la place, s'agite une foule d'où, çà et
là, émergent au-dessus des têtes un groupe de cavaliers,
une cariole de paysans, une femme qui, perchée sur un
tréteau, chante accompagnée par un violon.

Au premier plan, un peu à l'écart de la foule, sous
une toile tendue entre deux arbres, une marchande de
gaufres s'est installée avec son feu de bois ; auprès de la
table chargée des appétissants gâteaux, les gamins écar-
quillent des yeux pleins d'envie, tandis qu'une jeune
femme déguste la gaufre encore chaude que le mari paie
d'une pièce d'argent.

Sur la route, un paysan portant une carnassière
remplie de poules, revient poussant sur une brouette un
gras pourceau. Ici, un élégant, une canne souple à la
main, s'éloigne en compagnie de deux dames ; là, une
jeune paysanne assise sur un tronc d'arbre garde des
chèvres au bord de la fontaine.

Et, vers la droite, au loin, c'est partout la même ani-
mation ; çà et là, des groupes se forment autour des
marchands de bestiaux, devant le tir à l'arc, auprès de
l'auberge ; et, derrière la vaste esplanade, le paysage
s'étend en collines vallonnées.

Toile. Haut., 55 cent.; larg., 82 cent.

ÉCOLE FRANÇAISE

7 — *Junon*.

Assise sur son char, la déesse franchit l'espace sur un nuage, trainée par deux paons que conduit un jeune amour. Autour d'elle, d'autres amours joufflus s'ébattent potelés et rieurs. Son manteau d'un rouge brun voltige au vent et sa jambe fine apparait sous la robe violette que retient à la taille une ceinture garnie de pierreries.

Toile. Haut., 1 m. 04; larg., 1 m. 35.

FICHEL

1826-1895

8 — *L'Arrestation*.

Debout sur les marches du perron, dans l'encadrement du portique, le capitaine des gardes vient de frapper à la porte fermée : le poing gauche sur la hanche, la main droite appuyée sur son épée, le large chapeau de feutre fièrement campé sur l'oreille, il attend, immobile, portant dans son pourpoint rouge l'ordre d'arrestation. Près de lui, sur le pavé, ses hommes d'armes, portant des hallebardes, se détachent à l'entrée d'une étroite ruelle mi-obscure. Une lumière crue vient frapper, en même temps que la froide colonnade qui l'encadre, la figure martiale du jeune officier donnant à la scène un caractère dramatique.

Signé en bas, à droite, et daté : *1867*.

Bois. Haut., 37 cent.; larg., 49 cent.

Fromentin Eugène

Le Passage du Gué

FROMENTIN

1820-1876.

9 — *Le Passage du gué. Tribu nomade en marche vers les pâturages du Tell.*

Dans la préface du catalogue de la vente Khalil-Bey, qui eut lieu en 1868, Théophile Gautier s'exprime ainsi au sujet de ce tableau :

« *La Smala en voyage* est une vraie perle. On est arrivé au bord d'un gué que traversent les traînards de la tribu, les serviteurs portant les bagages, les femmes, leurs enfants à la main ou sur leur dos, selon l'âge, car l'eau limpide et diamantée de la rivière ne va pas plus haut que le jarret. Sur l'autre rive, déjà passés, les chefs à cheval regardent la tribu défiler. Ils sont drapés dans leurs burnous et leurs haïcks blancs qui, en s'entr'ouvrant, laissent voir des vestes et des armures étincelantes. Leurs chevaux, fiers, élégants, de race pure et de sang incontestable, font luire, sur leurs croupes, des moires de satin, des reflets de nacre, des glacis d'argent qui se teintent du rose de la peau. Une poussière de mica scintille sur leur crinière et leur queue, peignées comme des chevelures de femme. Parmi ces chevaux, dignes des écuries du Prophète, il y en a quelques-uns qui offrent cette robe singulière et charmante que les Arabes nomment « pigeon bleu dans l'ombre ». Les cavaliers sont pleins de noblesse, de grâce et de fierté sur leurs hautes selles brodées d'or, près de leurs étendards qui flottent sous un pur rayon de soleil.

» Plus haut, dans la toile et vers le troisième plan, on voit la caravane bigarrée circulant sur le sentier capricieux qui suit les anfractuosités de la montagne.

Le ciel est d'un bleu frais, limpide, léger, semé de quelques petits nuages, comme le ciel de printemps de l'Algérie. On n'est pas encore aux mois torrides ; les arbres et les gazons sont verts et le sol n'a pas revêtu le manteau de peau de lion qui est son costume d'été. Eugène Fromentin a peut-être fait aussi bien, mais, à coup sûr, il n'a jamais fait mieux. »

Signé en bas, à droite, et daté : *1866.*

Toile. Haut., 73 cent.; larg., 1 m. 09.

Salon de 1866.
Exposition Universelle de 1867.
Collection Khalil-Bey.
Exposition des Cent Chefs-d'œuvre.

Bacchante.

GREUZE

JEAN-BAPTISTE

1725-1805.

10 — *Bacchante.*

Elle est vue de buste : deux draperies. l'une d'un
bleu tendre, l'autre blanche, déroulent sur l'épaule et
le bras leurs plis harmonieux. laissant à nu la gorge
blonde et l seir. La tète s'incline légèrement; sous les
paupières mi-closes. les yeux alanguis et voilés esquissent
un sourire qu'accentue la bouche voluptueuse. où de
fines dents blanches apparaissent dans la fraîcheur des
lèvres rosées. Une couronne de pampres de vigne est
posée sur ses cheveux châtains, dont les boucles vol-
tigent capricieusement sur son front.

Toile. Haut., 42 cent.: larg . 33 cent.

HEYDEN

(JEAN VAN DER)

1637-1712.

11 — *La Petite place.*

Le bouquet d'arbres champêtres, les coquettes petites
maisons, les ruelles étroites qui y conduisent, tout
respire le calme de la petite place aux larges pavés, la
tranquillité de ce gentil coin de ville. Ici, le long du
mur de briques rouges, un paysan et une paysanne se
promènent lentement. Là, dans la pénombre, au pied
d'une tour carrée, deux mendiants se sont établis. Une
femme recouverte d'une mante noire traverse la place,
tandis qu'au coin d'une rue, un jeune seigneur semble
attendre un rendez-vous. Un soleil discret vient éclairer
la façade de la maison la plus élevée, qui se dresse
auprès du bouquet d'arbres, et borde d'une frange
dorée les gros nuages floconneux qui courent au-dessus
des toits.

Bois. Haut., 32 cent.; larg., 40 cent.

Weyden Church

La Vieille Tour [illegible]

Procédé et Imp Georges Petit

Saint Pierre de Rome

HUBERT-ROBERT

1733-1808.

PENDANT DU SUIVANT

12 — *Saint-Pierre de Rome.*

Dans l'encadrement d'une large voûte de rochers découpés, Saint-Pierre de Rome apparaît avec son dôme arrondi, et sa longue façade peuplée de statues. Sous la voûte, où l'eau court doucement, une bergère montée à cheval, pieds nus, passe à gué, suivie de son troupeau de moutons, tandis que, derrière elle, le berger cherche à hisser un gros bébé nu.

Plus haut, sur une sorte de passerelle, un homme au large chapeau est debout, vu de profil, le poing sur la hanche.

Signé d'un monogramme sur la croupe du cheval.

Toile. Haut., 2 m. 65 ; larg., 1 m. 71.

HUBERT-ROBERT

PENDANT DU PRÉCÉDENT

13 — *Ruines romaines.*

Au fond, le Colisée en ruines, aux pans effrités, couverts de plantes grimpantes ; à droite, un grand obélisque servant de fontaine, où des femmes viennent puiser l'eau ou laver leur linge. A gauche, devant un grand portique à colonnades, un vase de pierre en ruines ; sur un débri de colonne, un homme s'appuie, gardant une vache.

Toile. Haut., 2 m. 65 ; larg., 1 m. 71.

Lancret pinx.

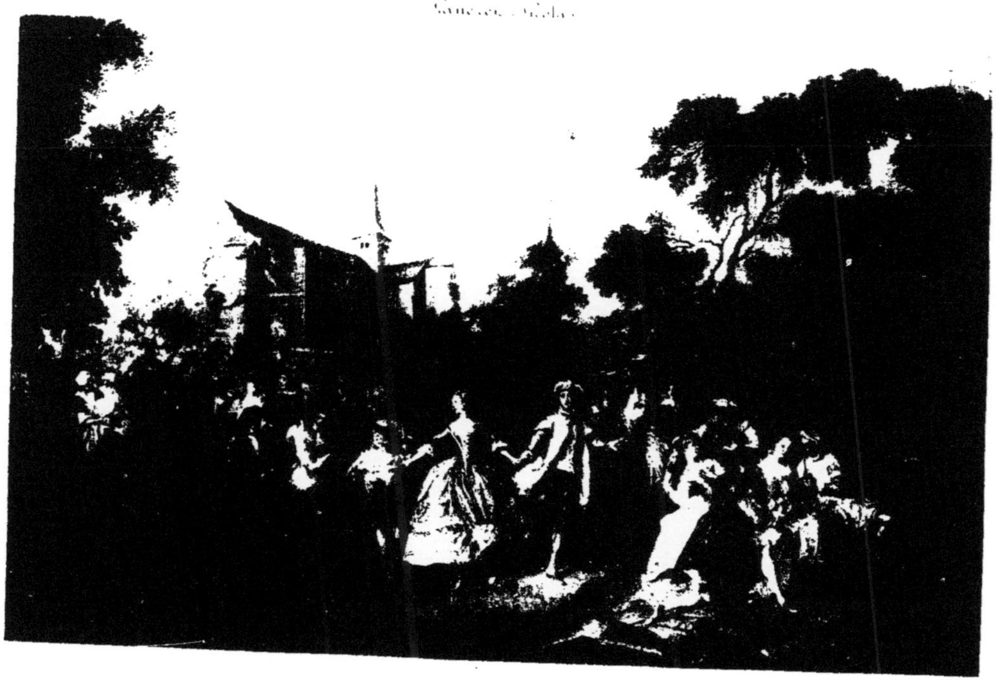

La Ronde champêtre.

LANCRET
(NICOLAS)
1690-1743.

14 — *La Fête champêtre.*

Un haut mât de cocagne a été dressé pour le tir à
l'arc, coquettement décoré, sur son sommet, d'une
couronne de fleurs, et surmonté d'un oiseau dont la
silhouette servant de cible se détache sur le ciel pâle et
vaporeux. Maintenant, les carquois abandonnés jonchent
le sol, et la farandole bat son plein.

Une douce atmosphère dorée enveloppe les couples,
tandis que les pâles rayons d'un soleil discret viennent
baigner, à gauche, les murs de la petite église. Sur les
verts feuillages, les habits chatoyants de satins frais
étalent toute la nuance de leurs tons délicats, et les
couples se déploient en lignes gracieuses, aux visages
insouciants et rieurs, jolies poupées faites pour le plaisir.

Vêtu de bleu, le premier cavalier, vu de dos, élève
gracieusement le bras gauche, l'index replié sur le
pouce, et, l'autre bras arrondi sur sa taille qu'entoure
une écharpe blanche, il tourne la tête vers sa danseuse
qu'il conduit par la main : celle-ci, vêtue de satin rose,
quelques fleurs dans ses cheveux blonds, fixe sur lui ses
jolis yeux rieurs et langoureux ; un pied mignon sort
de sa jupe très bouffante, que recouvre un léger tablier
bordé de bleu, à demi soulevé par le vent. Après elle,
c'est un jeune galant au manteau blanc sur l'habit
rouge, puis, derrière la file des couples, la vallée se
découvre entre deux arbres, fermée au loin par des
montagnes.

A droite, assises à l'abri sous le feuillage, deux jeunes
femmes reçoivent les hommages de leurs amoureux.
Un cavalier, tout de bleu clair vêtu, assis à côté de

l'une d'elles, lui tend quelques fleurs en lui parlant bas; mais les yeux de la belle, regardant en coulisse, paraissent plus émus de la déclaration d'un jeune galant qui s'est mis à genoux à ses pieds et lui offre une corbeille. Auprès de ce groupe, à terre, deux arcs et deux carquois remplis de flèches.

A gauche, assis sur le piédestal d'un vase de pierre d'où s'échappent des guirlandes de fleurs, un musicien au costume vert, coiffé d'un béret et drapé de rouge, accompagne les danseurs sur la cornemuse. On aperçoit derrière lui d'autres couples amoureux, tandis que, de l'autre côté du vase, dans les taillis, une paysanne porte un jeune poupon.

Toile. Haut., 86 cent.; larg., 1 m. 33.

Collection de Beurnonvillle.
Collection Febvre.
Collection Tabourier.

Murillo

Sainte Famille

MURILLO
(ESTEBAN)
1618-1682.

15 — *Sainte Famille.*

Au centre. l'Enfant Jésus debout, habillé de rose.
regarde sa mère tendrement; la Vierge Marie est assise
près de lui, le tenant par la main, la figure en extase.
ses longs cheveux blonds retombant sur la robe rouge
que recouvre un manteau vert. A droite, habillé de vert
et drapé de jaune foncé. saint Joseph à genoux. tenant
un bâton fleuri, a pris lui aussi la main de son fils
adoptif et prie. les yeux fixés au ciel.

La colombe mystique voltige au-dessus de Jésus et,
dans un nuage, Dieu le Père entouré d'anges, tenant à
la main le globe du monde, jette les yeux sur son fils.

Toile. Haut., 48 cent.; larg., 38 cent.

PARROCEL

(E.-L.)

16 — *Les Quatre Saisons.*

L'Été.

Signé et daté : *1774.*

Toile. Haut., 1 m. 17; larg., 1 m. 70

Le Printemps.
L'Automne.
L'Hiver.

Décoration en grisaille.
Signés et datés : *1774.*

Trois toiles. Haut., 89 cent.; larg., 1 m. 73.

PATER

JEAN-BAPTISTE

1696-1736.

17 — *La Conversation galante.*

Dans le parc, sous l'un des grands arbres dont les branches se tordent capricieusement, à droite, un jeune couple est assis. La femme, blonde et jolie, vêtue d'une robe de satin gris que recouvre un manteau d'un rose violacé, tourne légèrement sa tête rêveuse vers le jeune homme aux longues boucles blondes ; et lui, sans interrompre la douce conversation, a pris quelques roses dans le panier d'osier que lui présente une paysanne et les offre à la belle. Debout, derrière eux, un homme à toque rouge, drapé d'un manteau gris, sourit en les regardant, tandis qu'écartant les branches, une jeune indiscrète les observe à travers le feuillage.

A gauche, adossé sur la rampe de l'escalier de pierre qui conduit à un haut portique, un homme, à la figure grasse et épanouie, redresse sa tête coiffée d'une toque violette, et, majestueusement drapé dans un manteau rouge, se tient debout, figé en une pose conquérante, cependant qu'auprès de lui, une fillette, habillée de vert, joue avec un jeune chien.

Plus loin, au delà de la fontaine de pierre sur laquelle un jeune homme lutine une jeune coquette, l'on entrevoit d'autres groupes encore, tandis qu'au delà des arbres, une ruine apparaît dans une atmosphère plus chaude et baignée de soleil.

Toile. Haut., 74 cent.; larg., 91 cent.

SCHEFFER

(ARY

1795-1858.

18 — *Baptême au village.*

Le cortège familial s'avance devant le porche de l'église, groupé autour de l'heureuse mère qui porte tendrement le jeune enfant emmailloté dans ses langes. Vêtue d'une robe rouge très simple, que recouvre un coquet tablier, elle incline vers lui un visage d'une beauté très pure, et berce son sommeil d'un sourire maternel. Près d'elle, l'aïeul à cheveux blancs jette sur le poupon un regard plein d'indulgente tendresse, tandis que le jeune mari fait l'aumône à un vieux mendiant assis auprès des marches. A droite, un garçon et une petite fille regardent gravement le cortège, composé de quelques femmes jeunes et vieilles. Un sinistre frisson d'orage court au loin sur la campagne peuplée d'arbustes, parmi lesquels un toit de tuiles rouges fume mélancoliquement ; et cependant un rayon de soleil, filtrant sur les nuages noirs, jetant çà et là dans les champs ses lueurs dorées, vient éclairer l'heureux groupe, tandis que par la porte entr'ouverte de l'église on aperçoit le sonneur qui fait tinter joyeusement les cloches.

Signé en bas, à gauche.

Toile. Haut., 75 cent.; larg., 1 mètre.

TÉNIERS

19 — *Le Fumeur.*

Dans la salle basse à demi obscure, un homme est
assis sur un banc, une cruche à la main, fumant la pipe :
au fond, dans la pénombre. un autre s'est arrêté le long
du mur. le dos tourné. A droite, bien éclairés devant
une fenêtre que l'on ne voit pas, de nombreux usten-
siles de cuisine. des cuivres. un tamis. une bassine, un
tonneau.

Bois. Haut . 34 cent.: larg.. 5o cent.

VELDE

VAN DE

20 — *La Flotte hollandaise.*

Sur une mer très calme, sous un ciel que parcourent
quelques légers nuages, la flotte se déploie coquettement.

A droite, le vaisseau amiral, dont on aperçoit l'arrière
finement décoré, a hissé tous ses pavillons, entouré de
nombreuses petites barques; plus loin, un autre grand
vaisseau, tourné de côté, tire un coup de canon. A gauche,
un petit bateau de pêche, dont les marins hissent les
voiles, est accosté par des autres barques. Vers l'horizon,
une lumière de plus en plus intense baigne la mer, et
les vaisseaux circulent dans une atmosphère dorée.

Toile. Haut., 65 cent.; larg., 80 cent.

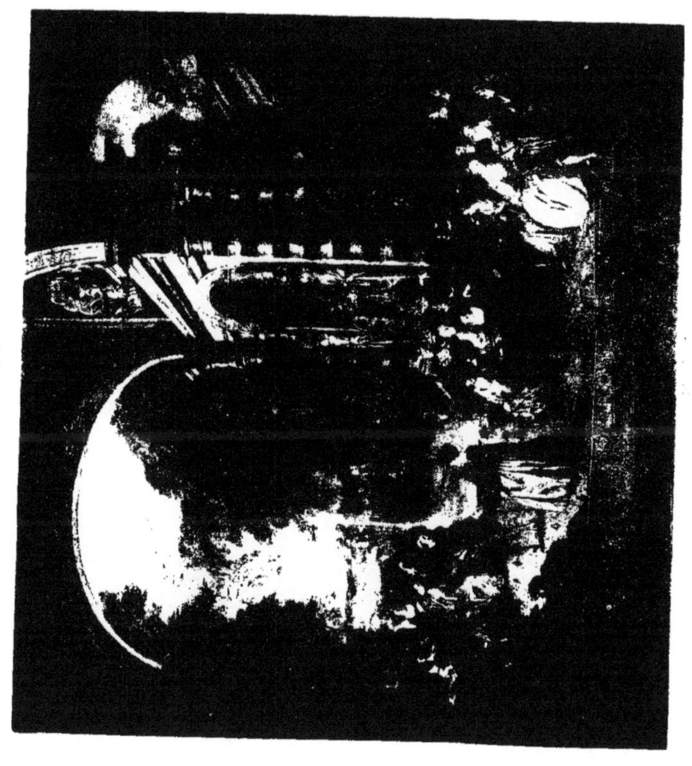

WATTEAU (?)

(ANTOINE)

1684-1721.

21 — *Le Bal.*

Sous un grand portique à colonnades, au milieu des
seigneurs et des dames de la cour rassemblés pour le
spectacle, un homme à bas roses, habillé de vert et coiffé
d'une toque, esquisse un pas de danse. les bras arrondis.
le torse penché en avant, une jambe légèrement pliée
vis-à-vis de sa danseuse, qui. vue de dos, relève légèrement sa jupe entre ses doigts. Derrière les spectateurs.
à droite, les musiciens les accompagnent debout dans
la pénombre : les couples, bercés par les violons. regardent d'un œil distrait ; l'amoureux se fait pressant et
mendie un baiser.

Deux petits chiens errent sur la dalle nue, et vers la
gauche, non loin des danseurs, un arlequin. moitié vert.
moitié jaune, est couché auprès d'un tambourin. A droite.
au-dessous de deux cariatides. un valet porte des rafraî-
chissements. et. près de deux fillettes, une femme en
noir a pris un verre sur le plateau que lui tend un jeune
garçon.

Au fond. par la large baie. on aperçoit les grands
arbres du parc.

Toile. Haut . 62 cent ; larg., 69 cent.

De ce tableau. il y a plusieurs variantes avec la gravure, notam-
ment à la place du buffet à cariatide est une fontaine. Ce changement
était indiqué dans Goncourt comme existant dans un tableau qui était
en Angleterre.

A Dulwich, il existe une composition semblable.

Il est certain que Pater a exécuté, probablement à la demande de
Watteau. plusieurs répliques de cette composition.

Collection de Behague.
Collection Sedelmeyer.

WIEKEMBERG

22 — *Effet d'hiver.*

Signé à droite et daté : *1839*.

Toile. Haut., 51 cent.; larg., 70 cent.

OBJETS D'ART

23 — Paire de vases, de forme balustre, à six pans avec deux
petites anses ajourées, en ancienne porcelaine de Chine. Ils
sont décorés d'arbustes fleuris et de bordures carrelées en
dorure. Bases en bronze finement ciselé et doré à moulures
ornées de perles, oves et entrelacs ajourés à rosaces.

Haut., 46 cent. 1 2.

24 — Important groupe en terre cuite du xviiie siècle, représen-
tant : *Renaud et Armide*. Sur un tertre parsemé de fleurs,
l'enchanteresse, assise, tient d'une main un miroir et de
l'autre enguirlande de festons fleuris le jeune guerrier sou-
mis, étendu à ses pieds; derrière eux, sur le casque et le
bouclier jetés à terre, un petit amour dort.

Haut. et larg., 40 cent.

TAPISSERIES

Suite de trois tapisseries rectangulaires en ancienne tapisserie de la Manufacture Royale des Gobelins, d'après les cartons de Charles Coypel pour les tableaux, et de Tessier 1780 pour les alentours, faisant partie de la tenture de :

L'HISTOIRE DE DON QUICHOTTE

Troisième tenture à fond jaune damassé. XVIIIe siècle voir *État général des Tapisseries de la Manufacture des Gobelins*, par M. Maurice Fenaille, t. II.

25 — *Don Quichotte guéri de sa folie par la Sagesse.*

Au milieu d'une chambre où se trouvent, à droite, une chaise et une lance, au premier plan, à gauche, un bouclier, une épée et le plat du barbier, Don Quichotte est affaissé sur un fauteuil devant la figure de Minerve

qui apparaît sur des nuées, au milieu d'une auréole.
Derrière Don Quichotte, Sancho, debout, regarde avec
regret la Folie s'envoler, tenant la marotte d'une main
et un château de l'autre. An fond de la chambre, tenture
à dessins.

Le tableau, encadré d'une bordure simulant un cadre,
semble accroché à la tenture jaune damassé qui est
ornée de guirlandes et de chutes de fleurs.

Ce tableau a été gravé par *C.-N. Cochin*.

Dimensions du tableau : haut., 1 m. 40; larg., 1 mètre.
Dimensions de la tapisserie : haut., 1 m. 95; larg., 2 mètres.

26 — La Tête enchantée.

Dans un salon richement décoré de tableaux et de
bustes, Don Quichotte, appuyé sur sa lance, et Sancho,
auprès de lui, écoutent avec attention et surprise les
réponses d'un buste d'empereur romain placé sur une
table, au milieu de la salle; huit personnages assistent à
la scène.

Même disposition du tableau sur la tenture.

Ce tableau a été gravé par *F. Joullain*.

Dimensions du tableau : haut., 1 m. 35 ; larg., 1 m. 75.
Dimensions de la tapisserie : haut., 2 m. 95 ; larg., 2 m. 50.

27 — *Don Quichotte chez les filles de l'Hôtellerie.*

Dans une cour plantée, où l'on distingue un puits à gauche, une femme, portant un plat, descend du perron d'une maison à droite: Don Quichotte est assis à une table et une jeune fille le fait manger à travers son casque. Deux autres jeunes filles, au fond, s'amusent de la scène. A gauche, assis à la même table, une jeune fille prend de la main d'un valet un tube et une bouteille qui serviront à faire boire Don Quichotte. Deux enfants, à terre, dans la cour, s'amusent avec des jouets.

Même disposition du tableau sur la tenture.

Ce tableau n'a pas été gravé.

Dimensions du tableau : haut., 1 m. 70; larg., 1 m. 35.
Dimensions de la tapisserie : haut., 2 m. 35; larg., 2 m. 75.

29 — Tapisserie rectangulaire de la Manufacture Royale de Beauvais ou des
Gobelins, du XVIIIe siècle.

Cette tapisserie offre, sur un fond crème, une composition décorative dont le centre est occupé par un groupe
de panthères et un trophée d'attributs. Des rinceaux ou
arabesques se déroulent vers les quatre angles, portant des fruits, des fleurs, des chiens, des paons, des
oiseaux, etc.

Encadrement fait d'une bordure à fond bleu clair
et rinceaux de feuillages fleuris, liseré à oves vers
l'extérieur.

Dimensions : haut., 3 mètres : larg., 2 m. 20.

3o — Tapisserie analogue à la précédente, de
même fabrique et même composition
en contre-partie.

Dimensions : haut., 3 metres; larg., 2 m. 20.

Tapisserie rectangulaire faisant partie de la tenture de :

L'HISTOIRE D'ALEXANDRE

par CHARLES LE BRUN, d'après un carton de la MANUFACTURE ROYALE DES GOBELINS (XVIIᵉ siècle).

31 — *La Bataille d'Arbelles.*

Au milieu d'une mêlée de cavaliers, de chars et de combattants à pied, Alexandre, à cheval, et précédé par un aigle qui plane au-dessus de sa tête, se trouve en présence du char de guerre, au sommet duquel Darius fait un geste d'épouvante. Au fond, des éléphants de guerre.

Encadrement fait d'une bordure à quadrillé avec torsades de fleurs et cartels dans les angles.

Dimensions de la tapisserie : haut.. 3 m. 15 ; larg.. 8 m. 65.

Tapisserie rectangulaire de la Manufacture Royale des Gobelins, faisant partie de la tenture :

LES MOIS ou MAISONS ROYALES

d'après les cartons de Charles Le Brun (commencement du XVIIIe siècle), ayant pour sujet :

32 — *Le Château de Vincennes (Juillet, signe du Lion). — La Vue de Vincennes; Une Chasse du Roi.*

Dans le fond du tableau s'étend la vue du château. Plus en avant, à droite, deux cavaliers arrêtés et d'autres, plus loin, vers la gauche, auprès d'un arbre. Sur la balustrade qui précède le tableau, un tapis est étendu sous un vase rempli de fleurs ; derrière, une femme debout tenant une corbeille fleurie. Tout au premier plan, des animaux et volatiles divers. De chaque côté, une colonne ionique repose sur la balustrade ; elle est enguirlandée de fleurs et de festons qui la relient à un cartouche central chargé du signe de Juillet : un lion. Riche bordure d'encadrement à enroulements de feuillage, fleurs et fruits, avec fleurons aux angles. Au centre des bordures supérieure et inférieure est un cartel : celui du bas portant l'inscription : *Chasteau de Vincennes.*

Dans la lisière bleue se voient, vers la droite, en jaune, des initiales incomplètes, faciles à reconstituer, dans lesquelles il faut voir la signature de *Jean de la Croix.* (Voir *État général des tapisseries des Gobelins,* par M. Maurice Fenaille, t. I. p. 162.)

Dimensions de la tapisserie : haut., 3 m. 25 ; larg., 3 m. 45.

Tapisserie rectangulaire de la MANUFACTURE
ROYALE DES GOBELINS XVIII° siècle , sur fond
damassé rose cramoisi, faisant partie de la
tenture :

LES PORTIÈRES DES DIEUX

d'après les cartons de CLAUDE AUDRAN le Jeune,
ayant pour sujet :

33 — *Neptune ou l'Eau.*

Au-dessous d'un portique orné de guirlandes, de coquillages, de plantes marines et de branches de corail,
Neptune, tourné vers la gauche, est assis sur les nuages,
tenant son trident dans la main droite. Un enfant, à son
côté, tient un coquillage et une branche de corail. Au-
dessous, l'avant d'un navire, décoré d'un torse d'homme,
s'élève entre deux enfants : celui de gauche tient une
coquille et une perle, celui de droite verse de l'eau
devant le navire.

Sur des consoles, à droite et à gauche, une ancre, des
filets, des poissons, une tortue. Au-dessus du portique,
des guirlandes et trophées de coquillages et plantes
marines, deux canards volants et, au milieu, un médaillon avec un dauphin. De chaque côté des colonnettes,
à droite et à gauche, une chute de coquillages, crabes
et poissons, et un petit tableau.

La bordure d'encadrement est du troisième modèle,
attribué à *Pierre-Josse Perrot*, peintre d'ornements aux
Gobelins ; elle se compose d'un quadrillé à rosaces entre

deux baguettes liées de feuilles tournantes, et aux quatre
angles un écoinçon à palmette.

Cette tapisserie, non signée, paraît être de l'atelier de
Jacques Neilson, l'entrepreneur des Gobelins qui eut
l'idée d'appliquer aux *Portieres des Dieux*, en 1771,
l'emploi du fond damassé rose cramoisi qu'il avait exécuté avec succès pour la Tenture de Don Quichotte et
pour la Tenture de Boucher. Voir *État général des
Tapisseries des Gobelins*, par M. Maurice Fenaille,
t. II. p. 52 .

Dimensions de la tapisserie : haut., 3 m. 60; larg., 2 m. 85.

Autre tapisserie de la MANUFACTURE ROYALE
DES GOBELINS (XVIII° siècle), sur fond damassé
rose cramoisi, faisant partie de la même tenture
que la précédente, ayant pour sujet :

34 — *Jupiter ou le Feu.*

> Au-dessous d'un portique, orné de guirlandes de fleurs,
> Jupiter est assis sur son aigle et tient de la main droite
> son foudre, et de l'autre main une baguette; un amour
> à son côté se tient dans son manteau.
>
> Sur le soubassement, au milieu, un autel est surmonté
> d'un trophée de bouclier, branches de feuillages et tête
> de bouc. De chaque côté de l'autel : à droite, un vase
> d'orfèvrerie et un amour préparant son arc; à gauche,
> un amour tenant une torche. Sur des consoles, à droite
> et à gauche, un trépied allumé, un bouclier et un casque.
>
> Au-dessus des colonnettes, deux ruches, deux aigles,
> des guirlandes de fleurs et un médaillon avec un autel
> allumé.
>
> De chaque côté des colonnettes, une chute de torches,
> de loupes, et un médaillon représentant un phénix dans
> le feu.
>
> Même bordure que celle de la tapisserie précédente,
> même remarque en ce qui concerne l'atelier dans lequel
> elle aurait été tissée.

Dimensions de la tapisserie : haut., 3 m. 60; larg., 2 m. 85.

34 *bis* — Suite de quatre tapisseries rectangulaires de la MANUFACTURE ROYALE DES GOBELINS, du temps de Louis XIV, faisant partie de la tenture :

LES INDES

d'après les tableaux donnés au Roi par le Prince Maurice de Nassau, et avec la collaboration de François Desportes. Elle comprend les pièces suivantes :

a) *Le Combat d'animaux.*

Haut., 4 m. 75 ; larg., 3 m. 85.

b) *Les Pêcheurs.*

Haut., 4 m. 65 ; larg., 3 m. 30.

c) *Le Roi porté.*

Haut., 4 m. 70 ; larg., 3 m. 40.

d) *L'Indien à cheval.*

Haut., 4 m. 65 ; larg., 3 m. 60.

Chacune de ces tapisseries a sa bordure complète, la première de celles exécutées successivement pour cette tenture ; elle simule un cadre doré, avec une feuille d'acanthe jaune, enroulée sur un fond bleu (voir *État général des Tapisseries de la Manufacture des Gobelins*, par M. Maurice Fenaille, t. II, p. 371).

Ameublement & Canapé
EN ANCIENNE TAPISSERIE

---

35 — Ameublement de salon recouvert en ancienne tapisserie de la MANUFACTURE ROYALE DE BEAUVAIS, du XVIIIe siècle.

Il se compose de :

UN CANAPÉ avec siège et dossier en tapisserie.
DEUX FAUTEUILS avec sièges et dossiers en tapisserie.
QUATRE FAUTEUILS avec sièges en tapisserie.
DEUX CHAISES avec sièges en tapisserie.

Chacun des sièges ou dossiers offre, sur fond crème, un médaillon ovale ou de forme losangée, chargé d'un bouquet de fleurs et encadré de moulures simulant le bois doré, formant cadre enguirlandé de fleurs. Au canapé, des rinceaux de feuillages fleuris courent à droite et à gauche. Sur le devant des sièges, ainsi que sur les côtés, frises de rinceaux à fleurs.

Le meuble, de style Louis XVI, est en bois sculpté peint et doré: les dossiers des fauteuils et chaises non recouverts de tapisserie sont ajourés en forme de lyres.

Long. du canapé : 1 m. 40.
Larg. d'un fauteuil : 60 cent.

36 — Grand canapé recouvert en ancienne tapisserie de la Manufacture Royale de Beauvais, du XVIIIᵉ siècle.

Le siège et le dossier offrent chacun, sur fond crème, un médaillon ovale chargé d'un bouquet de lis se détachant sur bleu, encadré d'une moulure simulant le bois doré et formant un cadre tout enguirlandé de roses et de fleurs des champs. A la base s'échappent, à droite et à gauche, d'amples rinceaux à feuillages, fleurs et fruits, agrémentés d'oiseaux, se déroulant sur toute l'étendue du meuble. Sur le devant du siège, ainsi que sur les côtés, torsade de laurier fleuri sur fond crème.

Le meuble, de style Louis XVI, est en bois sculpté peint et doré.

Dimensions du siège : long., 2 m. 20; prof., 70 cent.
Dimensions du dossier : long., 1 m. 65; haut., 60 cent.

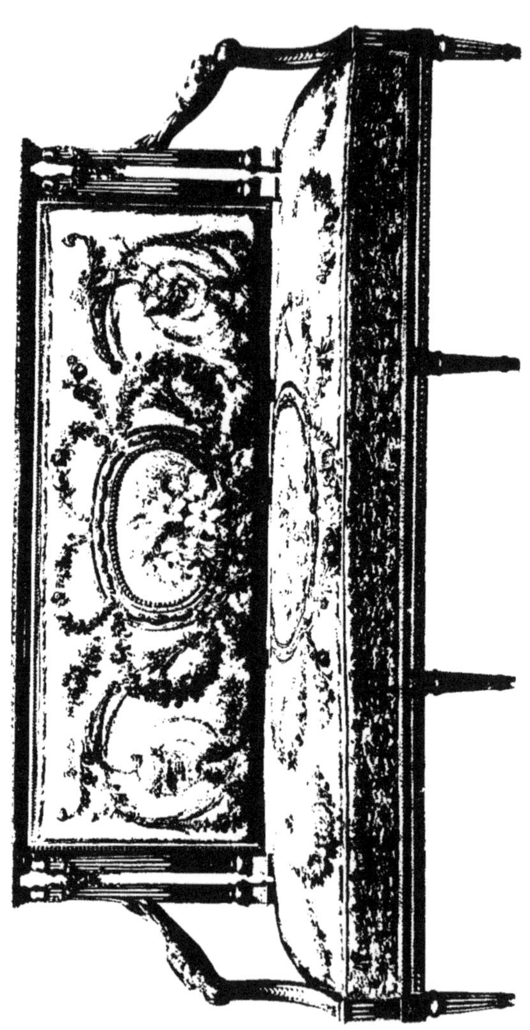